MARIE-MÉLODIE
ET LE Cirque des rêves

À Amelie, Delphi et Logi qui adorent les histoires.
Préservez la magie. Xxx — C.B.

À papy John, excellent musicien et super grand-père!
Plein d'amour et gros câlins de Twiglett. Xxx — L.E.A.

Catalogage avant publication de Bibliothèque et Archives Canada

Burnell, Cerrie
[Harper and the Circus of Dreams. Français]
Marie-Mélodie et le Cirque des rêves / Cerrie Burnell ; illustrations de
Laura Ellen Anderson ; texte français de Mickey Gaboriaud.

Traduction de: Harper and the Circus of Dreams.
ISBN 978-1-4431-5517-5 (couverture souple)

I. Anderson, Laura Ellen, illustrateur II. Titre. III. Titre: Harper and
the Circus of Dreams. Français.

PZ23.B8545Mae 2018   j823'.92   C2017-906653-6

Publié initialement en anglais au Royaume-Uni en 2016 par Scholastic Children's
Books, une division de Scholastic Ltd., Euston House, 24 Eversholt Street, Londres
NW1 1DB, R.-U.

Édition publiée par les Éditions Scholastic,
604, rue King Ouest, Toronto (Ontario) M5V 1E1 CANADA.

5 4 3 2 1   Imprimé au Canada 139   18 19 20 21 22

MARIE-MÉLODIE
ET LE Cirque des rêves

CERRIE BURNELL

Illustrations de Laura Ellen Anderson
Texte français de Mickey Gaboriaud

■SCHOLASTIC

Il était une fois une petite fille bénie des dieux de la musique. Elle entendait des chansons dans le vent et des rythmes dans la pluie. Elle percevait même de l'espoir dans les battements d'ailes d'un papillon. Sans jamais avoir pris la moindre leçon, Marie-Mélodie savait jouer de tous les instruments qui lui tombaient entre les mains. Parfois, tard le soir, au moment où elle allait s'endormir, elle entendait une mélodie qui semblait venir des étoiles. Mais, le matin venu, elle ne se souvenait jamais tout à fait de l'air. Et cette belle ritournelle, celle-là même qui hantait tous ses rêves, était la seule qu'elle était incapable d'interpréter.

1

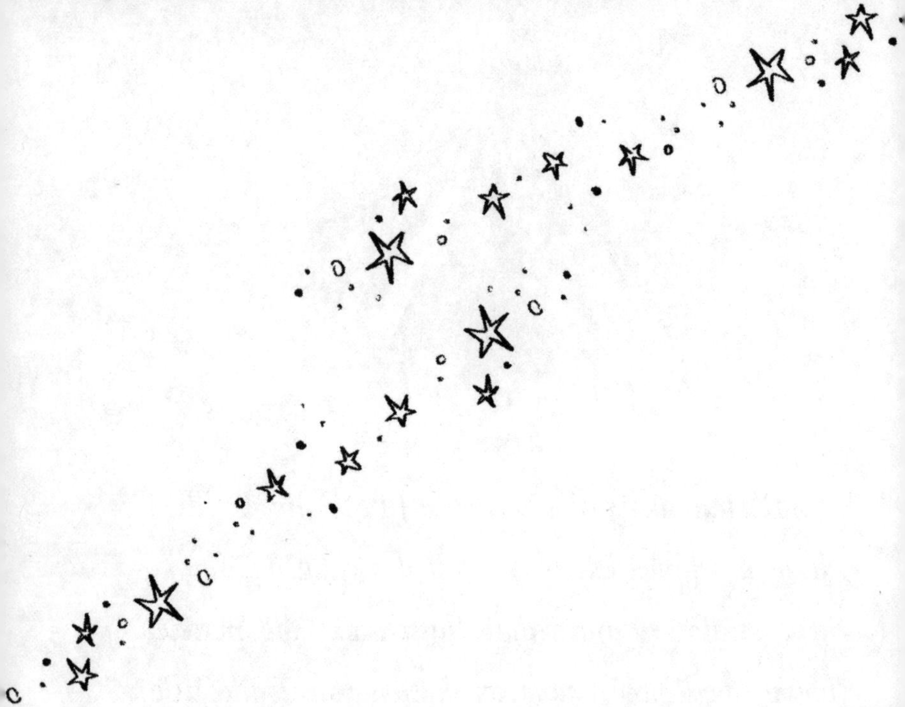

Chapitre 1
LES HURLEMENTS D'UNE LOUVE

Depuis le toit de la résidence de Haute-Tour, bien à l'abri sous son parapluie rouge, Marie-Mélodie contemplait la Cité des nues. Sous une pluie *marine*, les lueurs du soir s'étalaient à travers le ciel et leurs teintes auraient pu faire passer la bruine pour de la fumée. Tout était paisible.

Tandis que Minuit, son chat adoré, ronronnait à ses pieds, la fillette s'apprêtait à jouer du violoncelle. Mais à peine en eut-elle tiré une première note prometteuse qu'elle fut interrompue par un hurlement féroce. Elle laissa tomber son archet et observa tout autour d'elle. À l'autre bout du toit, les silhouettes d'une louve couleur de crépuscule et d'un jeune garçon se dessinaient dans la pénombre.

La plupart des enfants auraient été terrifiés à ce spectacle. La plupart des enfants se seraient enfuis à toutes jambes en criant d'épouvante. Mais la plupart des enfants n'étaient pas amis avec Nathan Nathanielson.

Nathan vivait au dixième étage. Il avait recueilli la louve quand elle était encore bébé et l'avait nommée Fumée. Celle-ci l'aimait comme s'ils appartenaient tous deux à la même meute, et ses yeux brillants comme des étoiles percevaient tout ce que lui ne voyait pas. Cependant, ce n'était ni un chien d'aveugle ni un chien de garde, et encore moins un quelconque animal domestique.

C'était une compagne sauvage, qui avait la sagesse dans son cœur et la pleine lune dans ses hurlements. Mais, ce soir, quelque chose semblait la troubler.

Marie-Mélodie reprit son archet et joua trois notes stridentes. C'était le signal secret pour appeler ses amis. Après quelques bruits de feuillage et de pas, une minuscule fillette à l'allure de souris s'approcha pour enlacer la louve.

– Bonjour, Lisette, fit Marie-Mélodie, tout sourire, en passant sa main dans la tignasse emmêlée de l'enfant.

Cette dernière avait des yeux immenses et adorait les sorcières de contes de fées. Elle enfonça son visage dans la fourrure de l'animal pour le réconforter.

Des pas déterminés retentirent sur le toit.

– Salut, Freddy, lança Nathan qui avait reconnu à l'oreille la démarche de son ami.

En effet, le frère aîné de Lisette les rejoignait et griffonnait en marchant le dernier vers d'un poème. Il réajusta son foulard, coinça son crayon derrière son oreille et dit d'une voix sérieuse :

— Je crois que c'est quelque chose dans le ciel qui a fait hurler Fumée.

Les autres plissèrent les yeux pour scruter le firmament, mais ils n'y trouvèrent que des nuages menaçants et quelques étoiles.

— Il fait trop sombre, pesta Lisette.

Marie-Mélodie lui sourit.

— La seule solution, c'est d'aller voir là-haut! déclara-t-elle.

Les enfants passèrent donc à l'action. Nathan tira une liane d'Éden de sa poche et attacha la corbeille de Minuit à la poignée du parapluie de Marie-Mélodie. Lisette se précipita à l'intérieur, un bonheur fou dans les yeux. Freddy amarra un gros cerf-volant à la pointe du parapluie rouge, puis il passa les bras sous ses baguettes de bois comme si c'était un deltaplane. Sur un clin d'œil de sa maîtresse, Minuit sauta sur la tête de Marie-Mélodie, tel un petit chapeau de fourrure vivant. Nathan émit un sifflement grave et, avec une détente à couper le souffle, Fumée bondit sur la coupole de soie.

Marie-Mélodie et Nathan serrèrent tous deux très fort le manche du parapluie.

– Prêts? murmura la fillette.

– Prêts! répondirent les autres.

– Décollage!

Et le parapluie rouge partit dans les airs, emportant les quatre enfants, le chat et la louve. Tout en bas, les lumières de la Cité des nues vacillèrent un moment, puis disparurent totalement. Tandis qu'ils montaient vers la

Lune, les passagers retenaient leur souffle.

Ils s'élevaient, plus légers que des feuilles d'automne. Lisette se pencha par-dessus le bord de la corbeille et poussa un cri de joie. Le noir d'encre du ciel lui donnait envie de danser. L'esprit rempli de millions d'histoires, Freddy éclata de rire quand le parapluie s'enfonça dans un brouillard de nuages satinés. Pendant ce temps, totalement silencieux, Nathan écoutait, attentif, les mouvements du monde, dans l'espoir de découvrir ce qui avait affolé sa louve.

Marie-Mélodie, elle, avait les yeux fermés. Derrière les hurlements de la louve et les ronronnements de son chat, elle avait cru distinguer de la musique. L'espace d'un instant, son cœur avait même tremblé, car il lui avait semblé que c'était l'air qui hantait ses rêves, celui qu'elle n'arrivait jamais tout à fait à jouer.

Cependant, elle cessa de l'entendre quand un tourbillon ascensionnel propulsa la petite troupe dans un univers étrangement figé.

Le parapluie flottait dans l'obscurité, comme un bateau rouge sur une mer profonde et calme. Lisette toussa et se mit à glousser. Freddy tritura son foulard. Marie-Mélodie se demandait bien sur quelle sorte de nuage ils se trouvaient, car celui-ci ne ressemblait pas du tout à ceux qui flottaient généralement au-dessus de la ville. Nathan tendit doucement la main pour toucher la pluie.

— Il va y avoir une tempête, murmura-t-il.

— Une tempête? s'étonna Marie-Mélodie tant le ciel lui paraissait serein.

Nathan haussa les épaules.

— Oui. Quelque chose se prépare dans le vent, quelque chose qui bouleverse tout. Je le sens.

– Mais quoi? demanda Freddy en tendant le bras pour essayer de caresser une goutte de clair de lune.

Lisette sursauta, car quelque chose venait de la frôler à toute allure, une sorte de flèche de glace et de plumes.

– Il y a quelque chose dans les nuages! s'écria-t-elle d'une voix stridente. Il y a un fantôme dans la brume!

Aucun des enfants ne croyait véritablement aux fantômes. Pourtant, quand ils tendirent le cou pour mieux voir dans l'obscurité, tous aperçurent une fille qui se déplaçait plus vite que l'éclair. Une fille qui semblait courir sur l'air.

Chapitre 2
L'HISTOIRE DE LA TEMPÊTE
TERRIFIANTE

Nathan ressentait la surprise de ses amis.

— Qu'est-ce que c'est? demanda-t-il.

Ces derniers lui décrivirent de leur mieux ce qu'ils voyaient.

— Quelque part dans la brume, il y a une fille vêtue d'une cape de neige, commença Freddy.

— Sa peau est d'un joli brun doré, poursuivit Marie-Mélodie en regardant la fille sauter de nuage en nuage avec autant d'aisance que si

13

elle franchissait un ruisseau à l'aide de pierres de gué.

— Elle porte des tresses dans lesquelles sont tissés des éclairs, ajouta Lisette.

Cette dernière était en équilibre sur l'anse de la corbeille pour mieux voir la fabuleuse fille qui voltigeait sur les nues.

Nathan ouvrit la bouche pour dire quelque chose, mais, à ce moment précis, l'orage gronda comme un ours et le parapluie rouge fut projeté à travers les cieux.

— Accrochez-vous! s'écria Marie-Mélodie tandis qu'une bourrasque sifflant comme une nuée d'oiseaux frôlait les enfants et faisait résonner des harmonies dans leur tête.

— Il faut retourner le parapluie, lança Nathan alors que le chant du vent s'intensifiait.

Le garçon avait à peine dit cela que le parapluie s'exécuta et le récupéra immédiatement dans sa coupole, ainsi que Marie-Mélodie, Minuit et la louve. Freddy et Lisette hurlèrent quand le cerf-volant et la corbeille s'entrechoquèrent. Mais un arc-en-ciel de couleurs nocturnes apparut soudain sous les yeux des enfants, qui en restèrent sans voix. C'était la tempête la plus étrange qu'ils aient jamais vue.

Après avoir repris ses esprits et ignorant les plaintes des éléments déchaînés, Marie-Mélodie ordonna au parapluie de rentrer à la résidence de Haute-Tour.

Quand tout le monde fut sur le toit, Lisette poussa un petit cri.

– Regardez le parapluie, fit-elle en désignant une étincelante guirlande de glaçons naturels suspendue à la toile rouge vif.

– Et la fourrure de Fumée est parsemée d'étoiles, dit Nathan qui souriait tout en glissant avec soin de minuscules fragments scintillants dans sa poche.

— Minuit est couvert de touffes de ciel d'hiver, pouffa Marie-Mélodie.

— Quelle magnifique tempête, souffla Freddy. Mais qui pouvait bien être cette fille dans le ciel?

— Et pourquoi avons-nous entendu des oiseaux chanter? demanda Marie-Mélodie en enlevant une plume restée coincée derrière l'oreille de Nathan.

— Pouvons-nous garder le secret à propos de la fille dans le ciel? demanda Lisette.

Les autres acquiescèrent avec enthousiasme. Rien n'était plus excitant que de partager un secret.

Les habitants de la résidence de Haute-Tour accoururent tous sur le toit pour aider à démêler la liane d'Éden.

— Cela faisait au moins cinq ans que nous n'avions pas vu une aussi belle tempête! lança joyeusement Élise Caraham.

Elle était la doyenne de l'immeuble et se souvenait toujours de tout.

— Les cieux n'ont jamais été aussi animés depuis la nuit de la Tempête terrifiante, confirma Suzie, la grand-tante de Marie-Mélodie.

Tout le monde sourit, y compris la fillette. Elle savait très bien ce que la Tempête terrifiante avait de particulier. Et elle adorait en entendre parler.

– Raconte-nous encore l'histoire, grand-tante Suzie, implora-t-elle tandis que ses amis entraient chez elle.

Quand tout le monde fut installé dans le petit appartement avec une bonne tasse de chocolat chaud, Suzie commença son récit :

– Il y a cinq ans, durant la nuit de la Tempête terrifiante, une petite fille avec des cheveux foncés et des yeux gris comme la mer est apparue sur le toit.

– Waouh! fit Lisette qui, fascinée par le mystère entourant la venue de Marie-Mélodie, aurait tant voulu que cela lui soit arrivé à elle.

– Une petite fille qui tenait un parapluie rouge, précisa Isabella, l'aînée de la famille Lucas qui habitait au septième étage.

– Personne ne savait d'où elle venait ni comment elle avait bien pu se retrouver sur le toit, continua Peter, le père de Freddy et de Lisette. Comme indice, nous n'avions qu'une lettre épinglée au parapluie rouge par une plume de colombe.

– Mais que disait ce mot? demanda Freddy qui connaissait déjà la réponse, mais mourait d'envie de l'entendre une fois de plus.

Grand-tante Suzie alla ouvrir un petit tiroir au fond de la pièce. Soigneusement, elle en sortit une feuille de papier froissée, lança un clin d'œil affectueux à Marie-Mélodie et se mit à lire.

Le dernier mot était illisible, car une goutte de pluie avait fait baver l'encre.

Très chère tante Suzie,
Voici Marie-Mélodie, notre fille
adorée. Prends-en le plus grand soin.
Nous l'aimons plus que l'aube aime le
soleil ou que la nuit aime la Lune.
Quand le moment sera venu,
remets-lui le parapluie rouge et la

Bien tendrement,

Hugo et Aurélia

— La dernière fois que j'ai vu mon neveu
Hugo, il n'avait que sept ans, expliqua alors
Suzie. Mais quand j'ai aperçu la toute petite
enfant qui se trouvait sous le parapluie rouge,

mon cœur s'est mis à palpiter d'amour. Elle avait les mêmes yeux que moi, gris comme la mer, et j'ai su immédiatement que sa place était ici.

Dans le petit appartement, tout le monde souriait en sirotant son chocolat chaud. Car Suzie avait raison. Depuis ce jour, Marie-Mélodie et elle étaient merveilleusement heureuses dans cette résidence où foisonnaient la musique, les déguisements, les histoires et les chats.

Bien sûr, il arrivait parfois, tard dans la nuit, que Marie-Mélodie se demande qui étaient ses parents, et où ils pouvaient bien se trouver. Mais, avec Minuit qui lui tenait compagnie et tous les habitants de la résidence de Haute-Tour qui veillaient sur elle, il était rare qu'elle en éprouve du chagrin. Ce n'était que lorsqu'elle entendait la chanson portée par les étoiles que des pensées pour sa famille se mettaient à danser dans ses rêves, lui laissant une pointe de mélancolie dont elle ne parvenait jamais à se défaire tout à fait.

Chapitre 3
LA FAISEUSE DE TEMPÊTES

Le lendemain matin, Marie-Mélodie se réveilla face au plus étonnant des spectacles. Une épaisse brume blanche recouvrait entièrement la Cité des nues! *Comme c'est étrange,* se dit la fillette. *On dirait que notre ville a voulu véritablement mériter son nom. Elle est plongée dans les nuages!*

En fait, l'endroit était ainsi baptisé à cause de la très grande diversité des nuages qui parcouraient ses cieux. Marie-Mélodie les connaissait tous très bien, mais ses favoris

étaient :

Le voleur d'étoiles : un épais nuage noir empêchant de voir les astres.

La fougère de plumes : un nuage pâle et délicat, léger comme une plume.

La fumée de dragon : un nuage bleu et bouffi vu surtout au crépuscule.

La houle floconneuse : une chaîne interminable de nuages blancs cotonneux comme la neige.

Grand-tante Suzie fit irruption dans la cuisine et laissa tomber sa valise de dépit.

– L'Opéra des Pays-Bas envoie un hélicoptère me chercher, mais il ne trouvera jamais la résidence de Haute-Tour dans cette purée de pois, gémit-elle.

Minuit sauta du bord de la fenêtre et se précipita dans le couloir. Là, il ouvrit le parapluie rouge d'un léger mouvement de queue, puis le traîna jusqu'à Marie-Mélodie. Cette dernière contempla la splendide étoffe écarlate et sourit.

— Pas de problème, Suzie! s'esclaffa-t-elle. Nous allons utiliser le parapluie comme balise. Même dans le brouillard, sa soie rouge se verra de loin.

Dix minutes plus tard, Nathan avait solidement arrimé l'objet au toit avec de la liane d'Éden.

— Il est strictement impossible que le vent t'emporte, déclara-t-il fièrement. Et si la tempête reprend, tire trois coups secs sur la liane. Nous te redescendrons aussitôt.

Marie-Mélodie s'assit bien au fond de la coupole et serra Minuit dans ses bras.

— Profites-en pour essayer de repérer la fille dans le ciel et découvrir qui elle est, lui glissa discrètement Nathan.

– Compte sur moi, murmura Marie-Mélodie en fermant les yeux pour envoyer le parapluie vers une *houle floconneuse.*

Quand la liane d'Éden fut tendue à fond, Marie-Mélodie porta la longue-vue d'Élise Caraham à son œil et observa les environs. Sur des kilomètres et des kilomètres, elle ne voyait que des nuages scintillants comme de la neige. Après avoir tiré son piccolo de sa poche, elle se mit à jouer une chanson de mythes et de montagnes, une mélodie tout droit venue de quelque glacier magique. Tandis que ses doigts faisaient chanter les notes, une petite brise vint chatouiller la queue de Minuit. Puis arrivèrent des battements d'ailes.

Marie-Mélodie se figea à la vue de deux aigles aux ailes blanches sortant d'une *fougère de plumes.* C'étaient les plus majestueuses créatures qu'elle ait jamais vues, des empereurs

du ciel. Derrière eux, comme une nuée tumultueuse, d'autres oiseaux, magnifiques et sauvages, montaient en flèche. Et tandis qu'ils enveloppaient Marie-Mélodie de leur tourbillon de mélodies, une fille vêtue d'une cape de plumes claires se détacha d'entre eux. La fille qui courait sur l'air.

Elle se tenait bien droite, telle une reine au milieu de son peuple. Elle chanta une note douce et ses sujets plongèrent tous vers la droite. Elle gronda comme le tonnerre et ils partirent vers la gauche. Elle gazouilla comme une hirondelle et ils s'immobilisèrent, comme pétrifiés en plein vol. Marie-Mélodie était trop stupéfaite pour parler.

Alors que la fille courait dans sa direction, Marie-Mélodie remarqua qu'une corde raide argentée émergeait de la brume. Puis en regardant dans la longue-vue, elle s'aperçut qu'en fait, il y en avait partout. Et que leurs extrémités étaient attachées au cou de grands oiseaux couleur d'orage.

— Comment t'appelles-tu? demanda Marie-Mélodie dans un souffle.

— Je m'appelle Étournelle, chantonna la fille en atterrissant à califourchon sur le dos d'un aigle à ailes blanches.

— Et où as-tu appris à courir sur des cordes raides?

29

– J'ai grandi dans un cirque, révéla Étournelle en souriant. Le vent nous porte à travers le monde. Mon travail consiste à agiter les cieux. Je suis faiseuse de tempêtes.

Marie-Mélodie écarquilla les yeux d'étonnement.

– Alors, voilà ce que tu faisais hier soir! Et c'est pour ça que nous avons entendu des chants d'oiseaux dans le vent.

Étournelle hocha la tête.

– Je déclenche de violentes tempêtes afin que le Cirque des rêves puisse arriver en secret.

Marie-Mélodie se pencha par-dessus le bord du parapluie rouge.

– Et c'est quoi, le Cirque des rêves?

– C'est un cirque enchanté. Il faut absolument que tu viennes le voir. Nous sommes tout au nord de la ville. Mais ne tarde pas trop… Dès que le vent tourne, nous levons le camp.

Sur ces paroles, le rapace à ailes blanches descendit en piqué, emportant la faiseuse de tempêtes avec lui.

Un bruit d'hélice se fit alors entendre à travers la brume. Marie-Mélodie adressa un grand bonjour de la main au pilote de l'Opéra des Pays-Bas, puis elle tira énergiquement sur la liane d'Éden. Elle commença à redescendre vers la résidence de Haute-Tour tout en contemplant les ailes des aigles dans le lointain.

Une fois l'hélicoptère posé, et dès qu'elle fut elle-même arrivée sur le toit, Marie-Mélodie joua trois notes stridentes avec son piccolo.

– Je sais qui est la fille dans le ciel! annonça-t-elle à ses trois meilleurs amis, aussitôt réunis autour d'elle. C'est une faiseuse de tempêtes! Elle fait partie d'un cirque porté par le vent.

– Une faiseuse de tempêtes, s'étrangla Freddy qui avait déjà commencé à composer mentalement un poème à sa gloire.

– Une reine des éléments déchaînés, fit Lisette d'une voix perçante.

– Un cirque porté par le vent, répéta Nathan en affichant un grand sourire.

Les enfants restèrent un moment immobiles, car ils venaient tous d'avoir la même idée.

– Il faut que nous allions voir ce cirque! s'écria Lisette.

– Oui, répondit Marie-Mélodie. C'est exactement ce que nous allons faire!

Chapitre 4
DE LA MUSIQUE DANS LA BRUME

Quand l'hélicoptère s'éleva dans le ciel, Suzie agita sa main gantée de velours à travers la brume et lança un au revoir chaleureux aux enfants. Elle partait passer le week-end à l'Opéra des Pays-Bas, et Marie-Mélodie allait donc rester chez Madame Flora, à l'école de danse du troisième étage.

– Séparons-nous et cherchons quelqu'un pour nous emmener au cirque, proposa Freddy, bouillonnant d'impatience.

Après une approbation unanime, la petite

troupe se dispersa donc. Marie-Mélodie alla demander à Madame Flora, mais la danseuse lui fit doucement non de la tête. Elle avait des cours toute la journée.

Freddy et Lisette se ruèrent chez eux, au cinquième. Mais leur père, Peter, un célèbre écrivain allemand, marmonna seulement quelque chose à propos du roman qu'il devait achever. Et leur mère, Brigitte, était loin d'avoir terminé le portrait de Ludo, le chat de la famille.

Quant à Nathan, sa mère étant à la bibliothèque et ses deux frères occupés à réparer une guitare cassée, il décida d'aller voir les Lucas, au septième étage. Hélas, il constata que ceux-ci étaient en train de fêter l'anniversaire des jumeaux de la famille.

La seule personne que les enfants pouvaient encore solliciter était Élise Caraham.

— Marie-Mélodie, soupira la vieille dame, rien ne m'aurait fait plus plaisir que d'aller voir ce cirque extraordinaire. Mais je dois veiller sur les chatons de Memphis et Tallulah.

La fillette s'agenouilla pour caresser les petites boules de poil. Un chaton à rayures noires et argentées lui donna un petit coup de griffe, mais cela ne la contraria pas le moins du monde. S'il y avait quelque chose qu'elle aimait, c'était bien les chats.

Élise émit un petit claquement de langue

réprobateur.

— Il est un peu turbulent, celui-là, marmonna-t-elle tout en faisant au revoir de la main.

Marie-Mélodie quitta l'appartement de la vieille dame et retourna voir ses amis. Ils étaient tous sur le toit, en train de contempler les rues blanches et luisantes en contrebas.

— Aucun d'entre nous n'a jamais traversé la ville à pied tout seul, rappela Marie-Mélodie.

— Et, avec cette purée de pois, les tramways ne circulent pas, ajouta Freddy.

Lisette donna un coup de pied dans un pot de fleurs. Elle était vraiment très en colère.

— Si seulement j'étais une souris, pesta-t-elle. Mon flair nous conduirait tout droit au Cirque des rêves.

— Nous devons juste attendre que le brouillard se lève, dit Marie-Mélodie d'un ton apaisant. Après, je pourrai vous y emmener dans le parapluie rouge.

Nathan pencha la tête de côté.

— Nous n'avons peut-être pas besoin d'attendre, intervint-il avec un haussement d'épaules. Je pourrais sûrement vous guider. Puisque je peux me diriger dans le noir, ça ne change pas grand-chose pour moi.

Tout le monde applaudit cette proposition. Et même si Nathan ne pouvait pas distinguer le visage de ses amis, il ressentit la chaleur de leur regard et leur sourit en retour.

— Allez! C'est parti, alors!

— Et si jamais nous te perdions de vue? demanda Freddy. Nous serions aussi égarés qu'à l'intérieur d'un *voleur d'étoiles*.

— Les instruments! s'écria Lisette. Si nous jouons tous la même chanson, il n'y aura qu'à suivre le son.

Tout le monde hocha la tête. Fumée approuva d'un petit aboiement, puis elle s'ébroua et des tas d'étoiles s'envolèrent de sa fourrure. Les enfants s'empressèrent de les ramasser et de les glisser dans leurs cheveux. Ils étaient magnifiques, comme si on les avait saupoudrés de poussière cosmique.

– Au revoir ! lancèrent-ils aux autres habitants de la résidence tout en descendant bruyamment les escaliers et en promettant de revenir avec plein d'histoires à raconter au sujet du cirque.

Alors que la pénombre de fin d'après-midi enveloppait la ville, quatre fières silhouettes émergèrent de la brume dans le halo de leurs étoiles tombées du ciel. En tête venait un garçon accompagné d'une louve aux yeux d'or. Sur sa tête, par-dessus son chapeau, se trouvait son fidèle tambourin et il portait dans ses bras la trompette de bronze dont il apprenait à jouer depuis peu.

Il était suivi de près par une fillette aussi agile qu'une petite souris brune. D'une main, Lisette tenait un archet et, de l'autre, un étincelant violon. Derrière elle venait Freddy avec son accordéon à boutons qui, bien plaqué contre son torse, émettait de drôles de grincements.

Restait la fille bénie des dieux de la musique. Celle qui pouvait jouer de tous les instruments sans trop savoir lequel était véritablement fait pour elle. Cette fois, elle avait opté pour le banjo mexicain de grand-tante Suzie.

Quelques pas derrière la file d'enfants, Minuit avançait sur la pointe des pattes, sa queue à bout blanc presque invisible dans le brouillard givrant. Après s'être éclairci la

gorge, Marie-Mélodie compta jusqu'à quatre et le petit orchestre se mit à déverser sa musique dans les rues désertes.

Nathan et Marie-Mélodie interprétaient le refrain d'une chanson traditionnelle féérique tandis que Lisette les accompagnait en contrepoint et que Freddy ajoutait à l'ensemble de plaintifs accords dissonants. *Ce brouillard n'a absolument rien d'un nuage*, se dit Marie-Mélodie. *Il regorge de merveilles et de mystères.*

Traverser la ville n'était pas chose facile. C'était un immense imbroglio de rues parsemées de musées, de cafés et de nichoirs. En temps normal, il y pleuvait tous les jours de mille façons différentes. Mais le brouillard avait volé la pluie et l'air était maintenant d'un froid très mordant.

Nathan suivit les rails déserts d'une ligne de tramway jusqu'à ce qu'un doux parfum de lilas lui parvienne aux narines.

– Nous sommes au Musée des fleurs! s'écria-t-il avant de souffler longuement dans sa trompette.

Quelques pas plus loin, quand sa louve se mit à grogner, il s'arrêta pour tâter le sol autour de lui et découvrit qu'il était doux et moussu comme la berge d'une rivière. Il sortit alors une étoile de sa poche et la laissa volontairement tomber. Il l'entendit clapoter au contact de l'eau. Les enfants se trouvaient sur la berge d'un petit canal sombre. Avec beaucoup de prudence, Fumée les guida le long de l'eau. Puis l'air sembla soudain prendre vie au son de gazouillis.

– La volière municipale, déclara Nathan en souriant. Nous sommes à mi-chemin.

La petite troupe reprit sa marche, d'abord dans une rue bordée de crêperies, puis à travers un parc verdoyant. À un moment, Minuit s'éloigna, mais Marie-Mélodie n'était pas inquiète. Son chat connaissait la ville comme le bout de ses moustaches.

Après un certain temps, le brouillard devint si épais que les enfants furent forcés de faire halte. Au-dessus d'eux se trouvait quelque chose qui semblait venir tout droit d'un rêve. Les couleurs rouge et or d'un chapiteau de cirque étaient reconnaissables entre toutes. Mais celui-ci flottait dans les nuages.

Chapitre 5
LE CHAPITEAU ROUGE ET OR

La première fois qu'on se trouve en présence de la magie, on le sait immédiatement au fond de son cœur, et même jusqu'aux bouts de ses orteils. Tout autour de soi, l'air s'épaissit et le monde se met à scintiller. Plus rien n'a d'importance que le miracle de l'impossible devenu réalité. Et c'était exactement ce que ressentaient les enfants, les yeux rivés sur le chapiteau rouge et or. Marie-Mélodie arborait une sourire rayonnant, car ce cirque lui paraissait familier. Comme si elle l'avait déjà vu, longtemps auparavant.

– Comment fait-il pour flotter dans les airs? s'étrangla Freddy tout en luttant contre l'envie de prendre son crayon pour écrire un millier d'histoires.

– Peu importe! s'exclama Lisette qui savait que quelque chose d'extraordinaire était en train de se produire et sentait son cœur se gonfler de joie.

À sa façon, Nathan percevait aussi la splendeur du chapiteau. Et, pour une fois, Fumée ne bougeait pas d'un pouce.

– Des montgolfières! s'écria soudain Freddy.

Marie-Mélodie et Lisette constatèrent qu'il avait raison. Le chapiteau rouge et or était maintenu en l'air par une énorme montgolfière bleue. Derrière lui se trouvait une multitude d'autres tentes bigarrées, toutes accrochées à des ballons colorés et tractées par des oiseaux.

— Regardez! Il faut passer par ici! s'écria Lisette de sa petite voix aiguë en désignant une échelle de corde qui pendait du chapiteau.

Aussitôt, les enfants mirent leurs instruments sur leur dos et firent la file. Dès qu'elle posa le pied sur un échelon, Lisette sentit quelque chose de magique lui chatouiller les jambes et elle se mit à grimper à toute vitesse, telle une petite souris. Freddy fonça dans son sillage, son foulard flottant au vent et les yeux écarquillés d'émerveillement.

Marie-Mélodie ouvrit le parapluie rouge et le retourna.

— On se retrouve là-haut! dit-elle à Nathan en l'aidant à s'installer dans la coupole avec Fumée.

Ceci fait, elle donna une petite tape au

parapluie pour l'envoyer vers les nuages et monta à son tour le long de l'échelle.

Bien que cette dernière soit légère et fine, il était facile d'y grimper en toute sécurité. Marie-Mélodie en profita pour regarder en bas et constata que la Cité des nues était entièrement recouverte de brume, sauf au-dessus du parc. Quand une odeur de feu de bois et de pommes au caramel vint lui titiller le nez, elle s'arrêta un instant.

– Je suis peut-être déjà venue voir ce cirque quand j'étais petite, murmura-t-elle. À moins que ce ne soit en rêve.

Car, bien que tout soit aussi nouveau que fascinant, d'une certaine façon, elle se sentait chez elle.

– Dépêchez-vous! J'ai envie d'entrer, moi! cria Lisette qui avait atteint le sommet et ne tenait plus en place.

Freddy grimpa après elle à toute allure et aida Nathan à descendre du parapluie.

– Je pense que nous nous tenons sur de la *fumée de dragon* solide, déclara Nathan en tâtant ce qui se trouvait sous ses pieds.

Lisette se laissa tomber à genoux et mordilla le nuage.

– Non, c'est de la barbe à papa amère, s'esclaffa-t-elle.

– Prêts? Alors, c'est parti! lança Marie-Mélodie.

La petite troupe s'engagea dans le chapiteau rouge et or, et dans une nouvelle aventure.

Chapitre 6
LA DOMPTEUSE DE FOUDRE

L'intérieur du chapiteau était entièrement tapissé de velours noir. En son centre, une femme d'une extraordinaire élégance était assise sur un trône d'argent. Tout comme Étournelle, la faiseuse de tempêtes, elle avait des éclairs dans les cheveux.

– Combien de billets voulez-vous? demanda-t-elle.

Les enfants se mirent à se trémousser nerveusement, car aucun d'entre eux n'avait pensé à apporter de l'argent.

Mais, apparemment, la femme qui avait des éclairs dans les cheveux lut dans leurs pensées.

— Ce n'est pas grave, dit-elle gentiment. Je crois que vous connaissez Étournelle, mon arrière-petite-fille.

Ils hochèrent tous vivement la tête.

— Dans ce cas, vous n'aurez qu'à me donner quelque chose de précieux à la place.

— Êtes-vous aussi une faiseuse de tempêtes? bredouilla Lisette, tellement impressionnée qu'elle en perdait presque la parole.

Les yeux noirs de la femme s'illuminèrent et des lueurs bleues fusèrent de sa coiffure afro argentée.

— Je suis une dompteuse de foudre, rectifia-t-elle. J'arrête les tempêtes une fois que le cirque est arrivé. Jusqu'à présent, il n'y en a qu'une que je n'ai pas réussi à maîtriser.

— Laquelle? demanda Freddy tandis que

son esprit dansait avec les mots.

La dompteuse de foudre secoua la tête presque tristement.

– La Tempête terrifiante, bien sûr.

Tout le monde resta silencieux. Dans l'obscurité veloutée, Nathan prit la main de Marie-Mélodie.

– Cette tempête a une importance très particulière pour nous, murmura la fillette.

La dompteuse de foudre dodelina de la tête et étudia un moment le visage de Marie-Mélodie. Puis elle demanda à Freddy de s'approcher.

Le garçon fouilla dans ses poches et en tira une poignée de poèmes.

– Est-ce que l'un d'eux suffirait pour payer mon entrée? demanda-t-il gaiement.

La dompteuse de foudre se redressa sur son trône et réfléchit un instant. Puis elle prit entre ses doigts toutes les lettres d'une phrase au milieu de l'un des poèmes. Elle les décolla du papier et les fit disparaître en fumée.

Les enfants en restèrent bouche bée. Cependant, cela n'empêcha pas Lisette de bondir sur ses deux pieds dans l'espoir que cette femme la transforme en souris ou en monstrueuse araignée. Mais la dompteuse de foudre se contenta de tendre sa main osseuse vers la tignasse emmêlée de la petite fille pour y prélever une goutte de pluie.

Ceci fait, Marie-Mélodie interpréta

une merveilleuse mélodie au banjo mexicain tandis que la vieille femme la regardait bizarrement.

Son tour venu, Nathan exécuta un fabuleux solo de trompette, au rythme du tambourin que Fumée tenait entre ses dents et agitait. La dompteuse de foudre rit doucement et détacha une petite touffe de poils de la fourrure argentée de la louve.

– Vous pouvez passer, annonça-t-elle en écartant les rideaux.

Après l'avoir remerciée, les quatre enfants et la louve se précipitèrent à l'intérieur du Cirque des rêves.

Juchée sur un immense nuage de barbe à papa, toute une ville de petites tentes s'offrait à leurs yeux. Il y en avait de toutes les couleurs imaginables, et même inimaginables. Elles étaient suspendues à des montgolfières et reliées entre elles par des ponts en fil de sucre aussi finement ciselés que des toiles d'araignée.

— Qu'allons-nous voir en premier? demanda Lisette tandis que ses pieds l'entraînaient irrésistiblement vers un chapiteau rayé.

— Ce que tu veux, répondit Marie-Mélodie avec un sourire.

— Nous pourrions nous séparer et essayer de retrouver la faiseuse de tempêtes, non? proposa Nathan.

— Le premier à la dénicher joue trois notes stridentes, lança Freddy. La musique est notre signal secret!

Et ils se dispersèrent dans le cirque suspendu en se faisant des signes de la main.

Chapitre 7
LE CIRQUE DES RÊVES

À grands pas, Freddy traversa un pont en fil de sucre menant à un chapiteau d'où émanaient des senteurs sucrées. À l'intérieur, il trouva une pâtisserie totalement différente de toutes celles qu'il connaissait. Les éclairs en chocolat avaient la forme de pantoufles de verre. Des souris en pâte d'amande exhibaient des cœurs en bonbon qui semblaient battre dans leurs poitrines. Il y avait aussi une petite bibliothèque en pain d'épices remplie de livres miniatures.

– Vas-y, goûte, fit une voix amicale. Tout est gratuit.

Freddy leva les yeux et découvrit un grand pâtissier portant un tablier noir. Ses longs cheveux et sa barbe étaient du gris foncé des nuages d'orage, mais son regard était chaleureux et bienveillant.

Le jeune poète croqua dans un livre.

– C'est incroyable, marmonna-t-il.

En effet, l'espace d'un instant, au lieu de sentir les saveurs du pain d'épices sur ses papilles, il avait entendu quelques mots résonner dans sa tête.

Et il ne s'agissait pas de n'importe lesquels. C'était, à la syllabe près, le vers que la dompteuse de foudre avait saisi entre ses doigts.

– Et maintenant, que pourrais-je bien déguster? demanda Freddy.

— Essaie donc celui-ci, lui répondit le pâtissier aux cheveux couleur de nuages d'orage en lui tendant un biscuit en forme de harpe.

Cette fois, pour son plus grand régal, ce fut de la musique que Freddy entendit dans sa tête. La mélodie lui inspira des songes peuplés d'étoiles et lui fit penser aux lunes d'été. Ensuite, il sirota du thé sucré dans une tasse entièrement faite de gâteau. Le goût de fraise du breuvage fit remonter un souvenir en lui.

Totalement transporté, il se revit le jour de son septième anniversaire, lorsque Lisette avait chipé de délicieuses fraises à Élise Caraham pour les lui offrir. Il ne remarqua donc même pas que l'homme aux cheveux couleur de nuages d'orage avait ouvert un parapluie noir et s'était envolé pour aller chercher de la crème au citron au sommet du chapiteau. Il ne le vit pas non plus redescendre et ranger son parapluie derrière le comptoir. Il resta juste parfaitement immobile, envoûté par le souvenir des fraises. Puis il remercia le pâtissier, lui adressa un au revoir de la main plutôt sérieux et courut explorer la tente suivante.

À l'autre bout du cirque, Marie-Mélodie traversait un pont suspendu rose quand elle entendit l'air qu'elle avait joué pour s'acquitter de son entrée. Elle fonça tout droit vers un minuscule tipi décoré de fleurs d'où provenait la musique. Elle y découvrit, au beau milieu, son cher Minuit, lové sur un coussin de soie.

— Te voilà, toi! s'écria-t-elle en riant et en le serrant dans ses bras.

Minuit était un chat tout à fait exceptionnel. Il savait toujours à l'avance où sa maîtresse allait se rendre. Nul n'avait jamais compris comment il faisait cela.

— Entre, entre, fit une voix tremblante.

Marie-Mélodie s'aperçut alors qu'une vieille femme aux lèvres cramoisies et aux longues boucles bleu nuit était assise au fond sur un tabouret.

— Elle ressemble à un personnage des

opéras de grand-tante Suzie, murmura la fillette à son chat qui approuva aussitôt d'un miaulement.

— Je suis Phèdre, la diseuse de bonne aventure, chevrota la femme. Pose-moi une question et je te donnerai une réponse.

Marie-Mélodie réfléchit un instant. Elle mourait d'envie d'interroger la voyante à propos de ses parents (où ils étaient, à quoi ils ressemblaient), mais elle n'osa pas. Alors, elle préféra demander :

— Quel instrument est vraiment fait pour moi?

Phèdre plongea les yeux dans une lumineuse boule de cristal et se mit à marmonner.

— Tu dois jouer de l'instrument

qui apaise les tempêtes, Marie-Mélodie. C'est la seule solution.

La fillette ne comprit pas très bien ce que cela signifiait, mais elle n'en remercia pas moins la diseuse de bonne aventure. Puis elle posa Minuit sur son épaule et partit à la découverte de la tente suivante.

Sur le nuage le plus éloigné d'elle, Nathan et Fumée prenaient le temps d'apprécier l'étrangeté des ponts en fil de sucre et de humer les effluves de feu de bois et de caramel.

La louve s'arrêta, les oreilles dressées dans le vent. Nathan s'accroupit à côté d'elle pour écouter aussi. Et, peu à peu, il se sentit appelé par un air envoûtant. C'était une chanson au sujet de lueurs aquatiques et de marées glacées, comme si l'interprète chantait sous l'eau.

— Suis cette chanson, murmura l'enfant à sa fidèle compagne.

Puis il posa sa main sur le dos de Fumée et se laissa nonchalamment guider jusqu'à un chapiteau plein de monde. Ne pouvant pas distinguer la couleur de la toile, il se dit que ce devait être un turquoise mystique.

À l'intérieur de la tente bondée, il sentit l'air se déplacer au-dessus de lui. Tout en haut, il discerna alors une vague silhouette aux reflets d'argent qui se balançait dans la lumière. Une femme sur un trapèze, supposa-t-il. Mais, en plus, elle multipliait les plongeons dans une piscine d'eau claire, sans que jamais son chant ne soit altéré. Nathan l'imaginait très belle, une sirène acrobate avec des yeux couleur d'océan. Il avait raison sur ce dernier point, car ceux-ci étaient bien du gris de la mer en hiver. Et il s'y lisait une certaine tristesse.

À la fin de la chanson, quand elle lâcha

son trapèze pour se laisser tomber une dernière fois dans l'eau, la belle artiste scruta la foule comme si elle y cherchait quelqu'un. Mais Nathan était trop loin pour sentir son regard. Et il y avait trop de monde pour que Fumée puisse remarquer qu'elle portait un collier de plumes et de fourrure. Ou, plus précisément, de poils prélevés sur une louve argentée.

Un peu plus loin, Lisette attendait devant une tente rayée, les yeux rivés sur un écriteau : LE FABULEUX BALLET DES PETITS RATS. Elle n'avait encore jamais vu de rats. Autrefois, ceux-ci avaient pullulé à la Cité des nues et c'était justement pour cela que toutes les familles avaient aujourd'hui un chat. Mais tout cela remontait à bien avant sa naissance.

Elle se faufila à l'intérieur, le cœur tambourinant d'espoir, mais elle n'y trouva d'abord personne. Puis, au bout d'un moment,

elle vit un garçon sortir de la pénombre et
monter sur une corde raide. Il était grand, avec
des yeux minuscules et des dents légèrement

pointues. Il portait en pendentif une goutte d'eau que la petite fille reconnut : c'était celle que la vieille femme avait prise dans ses cheveux à l'entrée. Ce drôle de personnage se mit à étirer et à écraser un mélodéon entre ses mains. Lisette fut prise d'une telle curiosité qu'elle ne pouvait plus détacher son regard de lui. Il semblait pourtant presque endormi, même quand neuf énormes rats foncèrent droit sur lui, agiles et rapides comme autant de ballerines miniatures. Étrangement, ce spectacle était à la fois magnifique et assez ennuyeux.

Lisette était très déçue.

— Tes rats ne sont pas du tout intéressants, lança-t-elle. Ils ne semblent même pas méchants!

Vexé, le garçon riposta en dévoilant ses dents de rongeur.

— Qu'est-ce qui te fait penser que les rats

devraient être méchants? lui demanda-t-il sèchement tout en faisant des allers-retours sur les mains d'un bout à l'autre du fil.

Lisette s'efforça de cacher qu'elle était impressionnée.

— C'est ce qu'on dit dans tous les contes de fées, lui rappela-t-elle en haussant les épaules.

— Eh bien, les miens sont inoffensifs, affirma le jeune artiste tout en faisant le cochon pendu. Je les ai dressés moi-même. Tiens, regarde donc plutôt ça!

Il recommença à jouer du mélodéon, mais cette fois, sa musique était un joyeux air loufoque auquel les rats réagirent en exécutant toutes sortes de figures acrobatiques. À la fin, le garçon fit un saut périlleux et retomba sur les genoux aux pieds de Lisette, suivi par ses rats blancs.

Lisette applaudit jusqu'à en avoir mal aux doigts.

— Pourquoi ne joues-tu pas ce morceau durant ton spectacle?

Le garçon eut un petit rire triste.

— Je voudrais bien. Mais mon oncle n'est pas d'accord. C'est notre Monsieur Loyal, Othello Grande; il dirige tout le cirque.

Décidant que, finalement, elle aimait bien ce garçon-rat dépenaillé, la petite fille cligna des yeux et lui tendit la main.

– Je m'appelle Lisette, annonça-t-elle d'un ton bien franc. C'est vraiment dommage que ton oncle soit si strict.

Le garçon lui serra vigoureusement la main.

– Je m'appelle Rat, révéla-t-il avec un sourire de petit animal nuisible. Mais ne t'en fais pas, quand les rideaux sont tirés, nous faisons tous les numéros que nous voulons.

Les yeux de Lisette s'illuminèrent.

– Quand pourrais-je assister au spectacle?

– Pas plus tard que maintenant. Suis-moi.

Et voici comment naquit une amitié entre une petite fille qui avait toujours voulu être une souris et un garçon qui ressemblait à un rat.

Ensemble, ils empruntèrent plusieurs échelles pour se rendre dans les hauteurs du cirque. Une fois arrivée, Lisette fut sidérée d'y découvrir une bande d'enfants… parmi lesquels se trouvait Étournelle, la faiseuse de tempêtes. Elle empoigna immédiatement son violon et joua trois notes stridentes.

Chapitre 8
LES ENFANTS DU CIRQUE

À la grande surprise de Lisette, Étournelle n'était pas la seule à exercer son étonnante activité. C'était, en fait, toute une troupe de faiseurs de tempêtes qui répétait dans le ciel au-dessus du cirque, c'est-à-dire dans un paysage peuplé de montgolfières flottant dans les airs telles des lunes soyeuses. Derrière Rat, Lisette grimpa jusqu'au sommet d'un énorme ballon indigo afin d'y admirer des gens qui faisaient la roue et toutes sortes d'acrobaties.

Là, croyant avoir trouvé un nid, une petite

colombe rose atterrit sur la chevelure de la jeune enfant. Celle-ci gloussa et posa son violon pour prendre l'oiseau dans le creux de ses mains.

À ce moment précis, elle aperçut du coin de l'œil une queue à bout blanc et reconnut instantanément Minuit. Puis, d'un signe de la main, elle accueillit successivement Marie-Mélodie, Nathan, Fumée et Freddy à mesure qu'ils apparaissaient sur le haut du ballon. Les petits artistes interrompirent leur répétition et fixèrent la louve avec inquiétude. Voir un animal sauvage de si près, et sans laisse, leur faisait un peu peur.

Tout était tellement statique qu'on aurait cru que l'air s'était solidifié. Mais Marie-Mélodie savait quoi faire. Elle prit son banjo mexicain et joua quelques mesures d'une mélodie enjouée. Freddy enchaîna avec son accordéon à boutons et Nathan se mit à souffler dans sa trompette.

Lisette bondit sur ses deux pieds et commença à faire des pirouettes autour de la louve à la vitesse de l'éclair. Fumée hurla, puis se mit à courir en rond à toute allure. Avec sa fourrure mouchetée d'étoiles, on aurait dit un véritable feu d'artifice. Les faiseurs de tempêtes les acclamèrent.

Rat se joignit à l'ensemble avec son mélodéon, et Étournelle commença à chanter. Aussitôt, des oiseaux descendirent en piqué dans un saisissant tourbillon de plumes. Tous les enfants souriaient. La musique les unissait dans une promesse de nouvelles amitiés.

La chanson terminée, les enfants du cirque se rassemblèrent, émerveillés, autour de la louve. Nathan leur expliqua alors qu'il l'avait trouvée quand elle était encore bébé et l'avait ramenée chez lui pensant que c'était un chiot.

Une fille avec des taches de rousseur, qui s'appelait Soleil, prit Minuit dans ses bras.

– Racontez-nous une autre histoire, murmura-t-elle.

Marie-Mélodie leur fit donc le récit de l'arrivée de Minuit. Celui-ci était tout simplement apparu dans son petit appartement au douzième coup de minuit. Et, par conséquent, son nom s'était imposé de lui-même.

– Ici, dans le ciel, nous n'avons pas de chats, révéla Soleil.

– Alors, vous devez venir à la Cité des nues! s'écria Freddy. Nous en avons à foison! D'ailleurs, chez nous, les oiseaux vivent dans des volières pour s'en protéger.

– Les nôtres sont attachés à nous, mais ils volent librement, répondit Étournelle. Ils

tractent le cirque et poursuivent les vents.

– Personne ne sait jamais où va le cirque, pas même Othello Grande, précisa Rat.

Marie-Mélodie et ses amis en restèrent bouche bée.

– Et quand on naît dans un cirque, on y est retenu par des liens magiques. Il est impossible d'en partir, leur murmura Soleil.

Les jeunes acrobates confirmèrent tous en hochant la tête.

– Un seul enfant l'a fait, reprit Étournelle. Et nul ne sait comment. Tout ce que l'on sait, c'est que ça s'est passé durant une tempête.

Nathan, Freddy, Marie-Mélodie et Lisette auraient pu rester assis à écouter les secrets du cirque toute la journée. Mais une sirène retentit soudain, et les faiseurs de tempêtes se levèrent avec grâce.

– C'est le signal du repas, lança Étournelle

en sautant sur le dos d'un aigle à ailes blanches. Nous devons y aller. Mais revenez nous voir bientôt!

L'instant d'après, elle avait disparu. Les quatre enfants, le chat et la louve se retrouvèrent donc soudain tout seuls sur le ballon de soie.

Nathan remarqua alors que ce dernier semblait beaucoup moins fragile qu'une montgolfière classique. Il paraissait solide, fiable. Et il lui faisait même penser à quelque chose qu'il connaissait bien. Mais il n'arrivait pas à savoir quoi.

— Il faut vraiment que nous rentrions à la maison? soupira Lisette qui aurait volontiers suivi le cirque.

— J'imagine que oui, répondit Freddy. Mais nous pourrons toujours revenir demain.

Se réjouissant à cette idée, les enfants

repartirent à travers la ville blanche comme la neige, jouant de leurs instruments à tour de rôle. Dans la brume, leurs sourires brillaient encore plus fort que les étoiles qui illuminaient leurs cheveux.

Chapitre 9
LA LETTRE DE MARIE-MÉLODIE

En arrivant à la résidence de Haute-Tour, Marie-Mélodie fonça tout droit à l'école de danse du troisième étage. Elle y trouva Madame Flora, Isabella Lucas et Flocon, le petit félin des lieux, en train de travailler leurs entrechats.

– Ce cirque était magique, soupira Marie-Mélodie avant de se lancer dans la description des tentes flottantes.

Isabella mit la main sur son cœur.

– Combien de temps reste-t-il en ville?

demanda-t-elle, les ailes de son costume battant comme celles d'un papillon.

– Personne ne le sait, murmura Marie-Mélodie. Il se déplace chaque fois que le vent tourne.

– J'y cours immédiatement! s'écria Isabella.

Elle jeta un châle coloré sur ses épaules et passa la porte.

– Il y a très longtemps, je suis allée au Cirque des rêves, se souvint Madame Flora, le regard perdu. J'y ai siroté du thé sucré qui avait le goût des souvenirs et j'y ai entendu une femme chanter sous l'eau.

Tout en parlant, la danseuse s'était parfaitement dressée sur les pointes. Puis elle se rendit dans son studio et en revint avec une carte postale et un emballage de gâteau.

– J'ai conservé ces deux objets.

Marie-Mélodie les étudia de plus près.

Sur la carte postale, il y avait un dessin jauni représentant une belle femme faisant du trapèze sous l'eau. À côté de l'illustration, on pouvait lire ces mots : *Aurélia : chanteuse aquatique.*

Marie-Mélodie resserra les doigts sur la carte. Aurélia. Elle avait déjà entendu ce nom quelque part.

Elle prit ensuite l'emballage de gâteau. Il était vieux et froissé. Un logo représentant un petit chapiteau était imprimé au dos. Juste en dessous, il était écrit : *Hugo : pâtissier expert en miracles et en souhaits.*

Hugo. Marie-Mélodie avait également entendu ce nom quelque part. Elle fixa Madame Flora et avala sa salive.

– Madame Flora, sauriez-vous me dire précisément quand vous êtes allée au Cirque des rêves?

La danseuse réfléchit un moment.

– Eh bien, il y a environ cinq ans, je pense. Vers l'époque de la Tempête terrifiante...

Marie-Mélodie pressa la carte postale jaunie contre sa poitrine et écrasa l'emballage froissé dans sa main. Puis elle se leva d'un coup, joua trois notes stridentes sur le piano en cerisier et monta l'escalier en trombe. Se demandant bien ce qui se passait, Madame Flora décida de la suivre.

En fait, la fillette courait à perdre haleine, car elle venait de comprendre quelque chose de merveilleux. Elle se rua dans le petit appartement et y prit la lettre que grand-tante Suzie avait mise de côté pour elle. Quand ses amis arrivèrent, elle leur montra la carte postale et leur annonça d'une voix chevrotante :

– La chanteuse aquatique du Cirque des rêves s'appelle Aurélia.

Puis elle desserra lentement les doigts de l'emballage de gâteau.

– Et le pâtissier du Cirque des rêves s'appelle Hugo.

Un silence de plomb envahit soudain la pièce. Marie-Mélodie n'entendait que les battements de son cœur, puissants comme le

tonnerre. D'un index tremblant, elle désigna
la lettre.

– Mes parents s'appellent Hugo et Aurélia,
murmura-t-elle.

Freddy, Nathan, Lisette et Madame Flora
faillirent tous s'étrangler de stupéfaction.

– Donc, tes parents font partie du Cirque
des rêves? demanda Nathan d'une voix si
douce que la chute d'un flocon de neige aurait
fait plus de bruit.

Marie-Mélodie hocha la tête.

– Mais oui, c'est parfaitement logique, dit
Nathan en souriant.

– Quoi? demanda Freddy qui était autant
sous le choc que Marie-Mélodie.

– Toutes ces montgolfières qui font flotter
le cirque dans les airs... eh bien, je ne crois
pas qu'il s'agisse véritablement de ballons. Je
pense que ce sont plutôt des parapluies volants!

Tout le monde se mit à discuter avec animation. Madame Flora ne put réprimer une petite révérence. Fumée grogna. Minuit miaula. Lisette poussa un cri perçant. Et Freddy faillit carrément tomber à la renverse.

— Ton parapluie rouge viendrait du Cirque des rêves, alors? chuchota-t-il. Voilà pourquoi la dompteuse de foudre te regardait si bizarrement. Je pense qu'elle t'a reconnue.

Les yeux de Lisette s'écarquillèrent.

— L'enfant qui s'est échappé du cirque, c'est toi! s'écria-t-elle. Tu es la fille dont a parlé Étournelle.

Hochant lentement la tête, Marie-Mélodie prenait peu à peu conscience que c'était la vérité. Lisette explosa de colère et se mit à trépigner.

— Pourquoi ne m'arrive-t-il jamais des choses fantastiques comme ça? pesta-t-elle.

Freddy fit les gros yeux à sa petite sœur, mais Marie-Mélodie se contenta de lui prendre la main.

— Viens au cirque et aide-moi à les retrouver.

— Allons-y tous ensemble, proposa Madame Flora.

Elle tira un harmonica de sa poche et se prépara à sortir dans le brouillard.

Elle n'avait pas fait un pas sur le palier qu'Isabella Lucas apparut.

— Oh! Marie-Mélodie! Je me suis précipitée au cirque, mais il était déjà reparti, annonça-t-elle tristement.

La fillette sentit le banjo mexicain lui glisser des mains et s'écraser sur le sol. Elle aurait pu s'y enfoncer elle-même si Minuit n'avait pas bondi hors de la pénombre pour atterrir dans ses bras. Ses puissants ronronnements étaient réconfortants. Marie-Mélodie plongea son visage dans le soyeux pelage noir de l'animal pour essayer de cacher ses larmes.

– J'étais à deux doigts de retrouver ma famille, murmura-t-elle. Mais maintenant, c'est trop tard.

Chapitre 10
L'HOMME EFFROYABLEMENT GRAND

Freddy s'empara du banjo mexicain et passa son bras autour des épaules de son amie.

– Trop tard? Jamais! protesta-t-il.

Puis, de sa voix la plus poétique, il poursuivit :

– Ne t'inquiète pas, Marie-Mélodie. Tant qu'il y a des nuages dans le ciel, il y a de l'espoir.

Dans l'obscurité de la cage d'escalier, Nathan prit la main de Marie-Mélodie dans la sienne.

— Nous les retrouverons. Il y a forcément un moyen.

Lisette ferma les yeux et se concentra de toutes ses forces, à sa façon de petite souris.

— Nous avons besoin de quelqu'un qui connaît bien le cirque, quelqu'un de magique.

Nathan pencha la tête de côté.

— Exactement, Lisette! s'écria-t-il. Celui qu'il nous faut, c'est le chef d'orchestre fou!

Tout à coup, Marie-Mélodie commença à se sentir mieux. Elle essuya ses larmes.

— S'il existe une bonne méthode pour entrer en contact avec un magicien, dit Madame Flora avec sagesse, c'est bien la musique.

Et sur ces mots, dans un bruissement de tulle, elle partit sonner la cloche de rassemblement afin de solliciter une nouvelle fois l'aide des habitants de la résidence de

Haute-Tour.

Tandis que s'installait un crépuscule particulièrement sombre et qu'une *déferlante* s'abattait sur la ville, les voisins apportèrent une fabuleuse collection d'instruments sur le toit. Il y avait là le grand piano en cerisier, une contrebasse ancienne, l'accordéon à boutons de Freddy, la clarinette de Marie-Mélodie, la trompette romaine du frère de Nathan et un xylophone.

– La dernière fois que nous avons vu le chef d'orchestre fou, c'était sur les berges de la rivière North, rappela Nathan tout en donnant un coup de main à Mariana et à Paulo Lucas qui confectionnaient une corde de soie bleu lavande avec les draps de grand-tante Suzie.

94

— Je doute qu'il y soit encore, dit Freddy en rejoignant ses parents qui étaient en train d'attacher la corde aux instruments.

Élise Caraham noua le bout de la corde à la poignée du parapluie rouge avant d'aider Marie-Mélodie et Nathan à prendre place à l'intérieur. Isabella prit les enfants dans ses bras et leur murmura :

— S'il essaie toujours de former un orchestre d'animaux, il se pourrait bien qu'il soit à la volière municipale.

À son tour, Marie-Mélodie étreignit très fort la jeune fille.

— C'est par là que nous allons commencer, annonça-t-elle en souriant.

Sur un sifflement aigu de Nathan, Minuit et Fumée bondirent dans la coupole du parapluie.

— Bonne chance! lança Freddy en donnant

un coup de poing en l'air.

– Sois bien prudente, Petite Mélodie, recommanda tendrement Peter.

– Nous vous attendrons ici, roucoula Madame Flora.

Lisette s'efforçait tant bien que mal de ne pas faire la tête. Elle mourait d'envie de partir à la recherche de l'homme dont les cheveux évoquaient le plumage d'une pie. Mais elle savait qu'il n'y avait pas suffisamment de place dans le parapluie. Elle prit donc sur elle et déclara de sa voix la plus courageuse :

– Allez-y! Et ramenez-nous ce chef d'orchestre fou!

Dans un très léger bruit de souffle, le parapluie s'éleva dans les airs, entraînant derrière lui sa ribambelle d'instruments. La nuit commençait à tomber et des *voleurs d'étoiles* assombrissaient le ciel.

— Tu te souviens de l'été dernier, quand tous les chats de la Cité des nues s'étaient mis à suivre ta mélodie? demanda Nathan.

Marie-Mélodie hocha la tête.

— Peut-être pourrions-nous tenter la même chose avec les oiseaux?

La fillette sourit.

— D'accord.

Puis elle enjamba prudemment le bord du parapluie rouge et, accompagnée de Minuit, elle glissa le long de la corde de soie bleu lavande.

Alors qu'ils se trouvaient au-dessus de la volière municipale, le chat poussa un puissant miaulement et se mit à jouer du piano en cerisier avec Marie-Mélodie. Cette dernière ferma les yeux et laissa le soir lui inspirer une berceuse de rêves oubliés. La tristesse qu'elle avait éprouvée dans la journée et son espoir

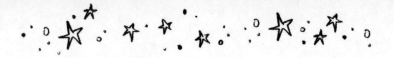

retrouvé s'écoulaient naturellement de ses doigts vers les touches d'ivoire. Doucement, sa musique commença à pleuvoir sur la ville et les oiseaux de nuit s'éveillèrent. Deux perruches vertes déployèrent leurs ailes et copièrent la mélodie, bientôt imitées par un perroquet à queue jaune. Puis tout un chœur de chouettes entonna des harmonies.

– Ça marche, continue! cria Nathan depuis le parapluie.

En effet, plus Marie-Mélodie jouait, plus les oiseaux étaient nombreux à se joindre à elle. Comme les sons qu'ils produisaient étaient ravissants! Ils vous transperçaient comme une flèche emplumée et vous donnaient envie de voler.

Nathan s'accroupit près de sa louve et caressa son pelage parsemé d'étoiles.

– Écoute, ma fille, lui susurra-t-il. Ouvre

bien l'œil et tâche de repérer le chef d'orchestre fou. Si tu le vois, hurle aussi fort qu'un ouragan!

Fumée grogna bruyamment, puis se mit à scruter la Cité des nues en contrebas, ses yeux d'or luisants comme deux petites bougies. Elle montra les dents en remarquant une silhouette qui était justement en train de se faufiler dans les rues de la ville. Il s'agissait de quelqu'un d'effroyablement grand, portant un long manteau de satin plus sombre que la nuit. Les poils de la louve se hérissèrent. L'individu quitta alors une ruelle pour s'engager dans une petite allée menant à la volière. Et, quand le clair de lune illumina son visage, la louve se mit à hurler avec la puissance d'un vent d'hiver. Toujours assise au piano en cerisier, Marie-Mélodie sursauta et regarda en dessous. L'homme dont les cheveux évoquaient le

99

plumage d'une pie était là. Le chef d'orchestre
fou.

– Bonsoir, dit-il d'une voix profonde et
veloutée.

Même s'il en voulait encore un peu à
Marie-Mélodie de lui avoir repris Minuit
l'été précédent, il semblait ravi de voir les
deux enfants.

– Bonsoir, lança Nathan tandis que le
parapluie descendait lentement et que le piano
en cerisier arrivait au niveau des yeux de
l'homme effroyablement grand.

– Vous nous avez bien dit que vous
vouliez à tout prix retrouver le Cirque
des rêves, non? lui demanda Marie-
Mélodie.

Le chef d'orchestre hocha
violemment la tête.

– Eh bien, nous pourrions

peut-être vous aider, annonça Nathan.

Un rire aussi triste que sinistre s'échappa des lèvres de l'homme.

– Impossible! rétorqua-t-il sèchement. Pour faire venir ce cirque, il faut parvenir à ensorceler ses membres grâce à son talent ou à la maîtrise de son art. Ou exécuter un numéro assez émouvant pour tétaniser leurs cœurs. Même mon génie n'y suffirait pas.

Puis il lui vint une idée qui illumina son visage.

– À moins, bien sûr, que vous ne me demandiez de reformer l'orchestre de chats…

Les enfants sourirent.

– Il est vrai que vous nous aviez affirmé qu'un orchestre de chats pouvait transporter un cirque à travers tous les océans du monde, se rappela Marie-Mélodie.

Le chef d'orchestre fou réfléchit un

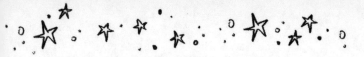

moment avant de poursuivre.

– Je parlais de quelque chose de bien plus spectaculaire que les chats tout seuls, bougonna-t-il. Je parlais d'une extraordinaire explosion de féérie.

Il plongea alors son regard dans les yeux gris comme la mer de Marie-Mélodie et haussa bizarrement les épaules.

– Et pourquoi voulez-vous trouver ce cirque, de toute façon?

Marie-Mélodie soutint le regard de son interlocuteur et empoigna la corde de soie bleu lavande.

– Je crois qu'Aurélia est ma mère, révéla-t-elle, la gorge serrée. Et Hugo, mon père.

À la surprise de la fillette, le chef d'orchestre fou fit alors une lente et élégante révérence avant de déclarer :

– Dans ce cas, je vous aiderai de mon

mieux.

Pour la toute première fois, le timbre de sa voix résonnait de mille promesses.

Chapitre 11
UN CONCERT EXTRAORDINAIRE

La semaine suivante s'écoula à toute vitesse, rythmée par les innombrables répétitions et la confection des tenues de scène. Grand-tante Suzie était rentrée des Pays-Bas et avait travaillé jusque tard dans la nuit pour créer une magnifique collection de costumes en vue du concert. Le frère aîné de Nathan avait construit une petite estrade sous les tonnelles de belles d'orage. Et tous les habitants s'étaient mobilisés pour aider Marie-Mélodie à mettre en place un spectacle extraordinaire.

Quand le jour de la représentation arriva enfin, la fillette avait l'estomac noué. Elle observa le chef d'orchestre fou, qui se tenait seul au bord du toit, les bras grands ouverts comme s'il dirigeait le ciel. Elle contempla ensuite la fosse d'orchestre de fortune où étaient assemblés les chats et leurs instruments : des rangées entières de queues, de dents, de beaux yeux jaunes et de griffes blanches comme la Lune. Les siamois étaient aux cordes, les tigrés et les tricolores aux percussions, les noirs et les blancs aux bois, et les tachetés aux cuivres. Tous portaient des chapeaux de pluie que Suzie leur avait fabriqués et qui donnaient envie de rire à Marie-Mélodie.

Enfin, la fillette regarda Minuit, dont une oreille tressautait tandis qu'il grattait les cordes de sa mandoline.

107

Puis elle se leva. C'était l'heure du spectacle.

Après avoir inspiré profondément, Marie-Mélodie se mit à jouer. Puis d'autres petits musiciens vinrent l'aider à faire rouler des vagues de notes jusqu'au cœur des spectateurs : Minuit jouait toujours de la mandoline et Flocon, du violoncelle; Katarina, la chatte de la famille Lucas, tapait sur ses cloches samba; Memphis et Tallulah soufflaient dans leur cornemuse; et Ludo, le chat de Freddy et Lisette, donnait d'énergiques coups de queue dans la grosse caisse. Là, le chef d'orchestre fou brandit sa baguette et tous les autres chats se joignirent à eux.

Après un moment, au son de la musique, Freddy se présenta sous les projecteurs : un garçon sérieux portant un foulard sérieux. Il s'éclaircit la voix et lut son tout dernier poème, *Tempête terrifiante, tu ne nous effraies point.* Ensuite, Madame Flora monta sur scène pour y exécuter *La Mort du cygne* au son d'un doux et mélancolique solo d'alto interprété par Élise Caraham.

Après cela, ce fut au tour de Nathan de sentir la chaleur des feux de la scène sur son visage. À l'aide d'un

cierge magique, il dessina un cercle de flammes blanches devant lui. Tout le monde se pétrifia lorsque Fumée surgit des coulisses avec Lisette sur le dos. Quand son maître poussa un long sifflement grave, la louve plongea dans l'anneau embrasé.

Isabella fit alors irruption sur l'estrade, tournoyant et voletant telle une luciole, une couronne de lis tigrés dans les cheveux. Peter et Brigitte bondirent sur leurs pieds et exécutèrent une polka allemande d'un bout à l'autre du toit. Suzie se lança dans une *Danse des canards* effrénée en agitant des tas d'éventails espagnols. C'est à ce moment-là que s'avança un homme du nom de Jack Willows, le concierge discret de l'Inoubliable, la salle de concert qui se trouvait au sous-sol de la résidence. Il interpréta *L'Air de la fée Dragée* sur une vieille harpe aussi belle qu'étrange. En le regardant pincer les cordes poussiéreuses de l'instrument, Marie-Mélodie sentit une sorte d'enchantement s'emparer de son cœur. Soudain, elle fut convaincue que tout allait fonctionner, que son spectacle allait véritablement faire venir le Cirque des rêves.

Une pluie *métronomique* se mit à tomber lourdement. Les habitants en profitèrent pour lever leurs tasses et leurs chopes vers le ciel afin de se délecter de grandes lampées d'eau douce et fraîche. Pour le numéro final, toujours accompagnée par l'orchestre de chats, Marie-Mélodie se mit à jongler avec une myriade d'instruments, dont elle tirait quelques notes chaque fois que l'un d'entre eux passait entre ses doigts ou devant ses lèvres. Elle ne manqua pas un seul temps. C'était une chanson qui parlait d'arcs-en-ciel de minuit et de poésie céleste. Une chanson d'histoires pas encore écrites et d'amitiés nées dans les nuages. Tout en jouant, le visage tourné vers l'horizon,

Marie-Mélodie cherchait des yeux le chapiteau rouge et or. Et juste au moment où la musique s'arrêta, elle aperçut quelque chose qui la fit frémir. Un aigle à ailes blanches descendait en piqué. Le Cirque des rêves revenait!

Chapitre 12
LA CHANSON DES RÊVES

Tout à coup, un éclair déchira le ciel. Les chats lâchèrent leurs instruments et s'éparpillèrent en tous sens. Une pluie *foudroyante* s'abattit et l'air prit une teinte blanchâtre.

Suzie et Élise se hâtèrent de faire rentrer tout le monde. Le chef d'orchestre fou s'exécuta avec beaucoup de dignité, Freddy et Lisette coururent s'abriter sous le parapluie rouge, et Minuit abandonna sa mandoline pour se précipiter auprès de Marie-Mélodie.

Suivi de Fumée, Nathan traversa le toit à toute allure.

– Je vais attendre avec toi, cria-t-il à Marie-Mélodie en lui tendant la main.

Puis la fillette, le chat, le garçon et la louve se tournèrent face à l'orage.

Tandis que des flocons de neige dansaient sous leurs yeux, ils se recroquevillèrent en se protégeant le visage. Une brume aussi magnifique que mystérieuse recouvrait le toit.

– Le cirque arrive, chuchota Marie-Mélodie.

Le brouillard s'estompa, le tonnerre ne devint plus qu'un lointain écho et les rayons du soleil commencèrent à luire à travers la pluie. En un rien de temps, tout fut soudain terminé. La tempête était finie. Mais le Cirque des rêves n'était pas là.

– Je ne comprends pas, bredouilla Marie-

Mélodie.

L'homme effroyablement grand se laissa tomber sur les genoux.

– Je suis vraiment désolé, lâcha-t-il d'un ton las, les traits tirés par le chagrin. Le cirque est venu tout près, mais pas assez. Le concert n'a pas suffi. Nous n'avons pas réussi à le faire descendre du ciel.

Marie-Mélodie avait l'impression qu'on lui avait volé son souffle. Tout ce travail, tous ces efforts, toute cette fabuleuse musique... Et pourtant, cela n'était pas assez.

Les habitants de la résidence de Haute-Tour se pressèrent auprès de la fillette pour la réconforter.

– C'était une idée géniale, murmura grand-tante Suzie en la serrant bien fort dans ses bras. Tu peux être fière de toi.

– Ça aurait pu marcher, dit Isabella en

écartant des mèches de cheveux des yeux de Marie-Mélodie.

— Nous trouverons une autre façon de faire venir le cirque, ajouta doucement Brigitte.

Mais Marie-Mélodie était plus triste que jamais. Bien qu'elle ne l'ait rencontrée qu'en rêve, sa famille lui manquait. Et l'espoir de croire à quelque chose d'impossible aussi.

C'est alors que Jack Willows s'approcha d'elle en traînant les pieds et lui plaça un instrument entre les mains. C'était la petite harpe dorée dont il avait joué durant le concert. On aurait dit qu'elle avait mille ans.

— Je l'ai ramassée sur le toit juste après la Tempête terrifiante, révéla Jack d'une voix gentille. Depuis, elle est restée aux objets trouvés de l'Inoubliable, car personne ne l'a jamais réclamée. Il me

semble qu'elle devrait te revenir.

Marie-Mélodie n'avait envie de jouer d'aucun instrument. Elle voulait se blottir dans un lit douillet et se cacher du reste du monde. Toutefois, à ce moment précis, les paroles de Phèdre, la diseuse de bonne aventure, lui revinrent à l'esprit : « Tu dois jouer de l'instrument qui apaise les tempêtes. »

Elle soupira et tenta d'essuyer la harpe pour la dépoussiérer un peu. Une petite décharge électrique lui remonta le long du bras. Quand elle essaya de nouveau, elle sentit son cœur s'élever doucement, comme si elle était reliée par magie aux cordes de l'instrument. Ses doigts se mirent alors à bouger et elle se surprit à jouer une mélodie familière. Celle qu'elle n'était jamais arrivée à interpréter auparavant, celle qui hantait tous ses rêves. Maintenant, les notes venaient très facilement, sans même que la petite musicienne ait à y penser. Elle ferma les yeux et remarqua à peine que le parapluie rouge s'abandonnait au gré des vents et l'emportait vers les *houles floconneuses*.

À la fois simple et inhabituel, l'air qu'elle jouait l'avait probablement accompagnée toute sa vie, comme une histoire sans paroles. Quoi qu'il en soit, quand la brise s'atténua, elle découvrit que la Cité des nues était loin, très loin, en contrebas. Et que le chapiteau rouge et or du cirque se trouvait juste devant elle. Mais, cette fois, il était parfaitement immobile.

Marie-Mélodie plissa les yeux et remarqua une nuée d'oiseaux qui luttaient contre le vent tout autour des tentes flottantes. Ils luttaient pour que le cirque reste en place. Ils luttaient pour qu'une petite fille ait le temps de trouver sa famille. Et ils étaient tous montés par des faiseurs de tempêtes, à l'exception de celui que la dompteuse de foudre chevauchait, occupée à tenir l'orage à distance.

Étournelle approcha sur le dos d'un aigle à ailes blanches.

— Alors, c'est donc toi! s'esclaffa-t-elle. Tu es la petite fille qui s'est échappée du cirque!

Marie-Mélodie sourit.

— Je crois bien que oui.

— Continue à jouer de ta harpe. Cette mélodie est enchantée. Elle va faire venir tes parents.

Marie-Mélodie sentait le pouvoir magique de la harpe vibrer sous ses doigts. Quand elle recommença à jouer, deux parapluies noirs arrivèrent dans sa direction à travers le ciel. L'un transportait une femme aux longs cheveux et aux yeux gris comme la mer, et l'autre, un homme aux cheveux couleur de nuages d'orage. La fillette retint sa respiration. Elle était soudain terriblement intimidée.

Minuit sauta du sommet du parapluie et vint se blottir sur ses épaules. Quand elle trouva le courage de relever la tête, elle découvrit que ses parents avaient les larmes aux yeux. Elle se mit à pleurer elle aussi. Dans les airs, au-dessus de la résidence de Haute-Tour, ils s'étreignirent alors tous trois comme la famille qu'ils formaient de nouveau.

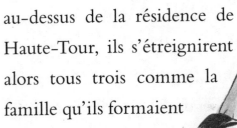

Chapitre 13
LA FAMILLE DE MARIE-MÉLODIE

Aurélia fut la première à parler, la voix teintée de sel marin et de soleil estival.

– Nous t'aimons tellement, Marie-Mélodie. Nous n'aurions jamais dû être séparés aussi longtemps.

Hugo embrassa le sommet de la tête de sa fille.

– Nous t'avions laissé la harpe et le parapluie rouge pour que tu puisses nous appeler en jouant ta chanson.

Marie-Mélodie poussa un énorme soupir.

Il y avait tant de choses qu'elle comprenait mieux, maintenant. Elle sortit de sa poche la lettre que Suzie avait conservée durant toutes ces années.

– Ah, fit-elle avec mélancolie. C'était donc ça, le mot qui manquait dans la lettre.

Puis elle lut la phrase telle qu'elle aurait dû être :

> Quand le moment sera venu, remets-lui le parapluie rouge et la harpe.

– Et donc, pendant tout ce temps, la harpe était mon véritable instrument, dit Marie-Mélodie en souriant.

Hugo hocha la tête et dit :

– Nous t'avons appelée Marie-Mélodie

parce que dès ta plus tendre enfance, nous avons su que tu étais bénie des dieux de la musique.

— Nous voulions un nom musical, ajouta Aurélia.

C'était la meilleure explication que la fillette ait jamais entendue au sujet d'un prénom.

— Mais la Tempête terrifiante a dû t'arracher la harpe, continua tristement sa mère.

— Chacun des biscuits que j'ai confectionnés était en forme de harpe et contenait les notes de ta chanson, expliqua son père.

— Tous les soirs, j'ai chanté ton air en le faisant rebondir sur les étoiles dans l'espoir que tu l'entendes, murmura Aurélia.

— Je l'entendais, chuchota Marie-Mélodie. C'est la mélodie de mes rêves. Mais je n'arrivais pas à la jouer jusqu'à ce que je retrouve la harpe.

Les parents de la fillette en pâlirent de chagrin, mais leurs regards étaient pleins d'espoir.

— Venez avec moi, dit Marie-Mélodie d'un ton enjoué. Je vais vous présenter tous ceux qui s'occupent de moi, les habitants de la résidence de Haute-Tour.

Aussi légèrement que des pétales de fleur, ils descendirent tous trois vers les braves gens qui les attendaient sur le toit pour leur souhaiter la bienvenue.

— Hugo! Mon garçon chéri, mais où diable étais-tu passé? s'écria Suzie tout en serrant fort son neveu et en posant un baiser sur la joue pâle d'Aurélia.

– Merci d'avoir pris soin de notre fille, dit la jeune femme en enlaçant Suzie de ses bras graciles.

Marie-Mélodie leva fièrement la petite harpe ancienne.

– C'est mon véritable instrument, annonça-t-elle. C'est le mot qui manquait sur le message.

– Tu portes bien ton prénom, fit remarquer Hugo en souriant.

Des chuchotements d'approbation circulèrent d'un bout à l'autre du toit.

Lisette ne disait rien. Le spectacle de son amie avec ses parents, sa harpe à la main, était la confirmation absolue que les contes de fées existaient bel et bien, et qu'un jour, elle serait l'héroïne de l'un d'entre eux.

– Oh, Marie-Mélodie, si seulement j'avais su que le mot manquant était «harpe»! s'exclama grand-tante Suzie. Mais, au moins, tu l'as trouvée, maintenant.

– Étant donné que le parapluie vole, est-ce que la harpe est magique aussi? demanda Isabella.

Quand Aurélia sourit, Nathan, qui était tout près d'elle, perçut l'éclat de sa beauté aquatique.

— Oui, la harpe est enchantée, confirma la belle artiste. Mais son pouvoir ne fonctionne que lorsque Marie-Mélodie joue sa chanson. Chaque fois qu'elle l'interprétera, Hugo et moi descendrons des nuages pour la voir, où qu'elle se trouve.

Les yeux de Lisette étaient ronds comme des billes.

— Est-ce que Marie-Mélodie va vivre au cirque avec vous? demanda-t-elle.

Hugo fronça les sourcils.

— Pas pour le moment, répondit-il tout en caressant la joue de sa fille.

Se tournant pour la regarder, il ajouta :

— Marie-Mélodie, au cirque, tes talents musicaux ne pourraient pas s'épanouir pleinement. Othello Grande te ferait jouer du piano jusqu'à ce que tu n'aies plus d'ongles, ou bien il te ferait enseigner le violoncelle à des phacochères, ou encore chanter sous l'eau, comme ta maman. Tu n'aurais aucune liberté.

Marie-Mélodie, tout ouïe, essayait de comprendre.

— Donc, vous vouliez que je sois libre? demanda-t-elle.

Ses deux parents hochèrent la tête.

— Si tu dois entrer au cirque, nous souhaitons que ce soit par choix et non pas uniquement parce que tu y es née, expliqua Aurélia.

Hugo prit la fillette dans ses bras et lui murmura :

— Chaque fois que tu auras besoin de nous, joue de ta harpe et nous arriverons.

— Et nous? Est-ce que nous pourrons vous rendre visite dans les nuages? demanda Freddy.

Le chef d'orchestre fou émergea de la foule et répondit «non».

Tout le monde se retourna pour le dévisager et les parents de Marie-Mélodie sursautèrent de surprise.

— Professeur Armoury! s'écrièrent-ils.

L'homme effroyablement grand fit une ample révérence et reprit ses explications.

— Le cirque est sous l'emprise d'un sort. On en fait partie ou non. Il est pratiquement impossible d'y entrer. Et encore plus difficile d'en partir.

Hugo et Aurélia regardèrent leur fille avec tristesse.

— Mais en été, quand Othello Grande sera absent, reprit le chef d'orchestre fou d'une voix rusée, j'arriverai peut-être à vous faire entrer. Enfin, si, par hasard, vous disposez d'un parapluie volant.

L'esprit de Marie-Mélodie se mit soudain à déborder de questions. Il y avait tant de choses qu'elle avait envie de demander! Elle prit ses parents par la main et ils s'éclipsèrent ensemble sous les tonnelles de belles d'orage où ils conversèrent jusqu'à ce que la Lune soit très haut dans le ciel.

Chapitre 14
CE N'EST QU'UN AU REVOIR

Sous les *fougères de plumes* qui dérivaient dans le ciel nocturne, Peter et Brigitte apportèrent du chocolat chaud pour tout le monde. Marie-Mélodie, Aurélia et Hugo revinrent au clair de lune pour déguster ce délicieux breuvage avec les autres.

– Je crois que nous allons bientôt devoir partir, annonça doucement Aurélia. La dompteuse de foudre ne pourra pas retenir l'orage éternellement.

Marie-Mélodie hocha la tête et Hugo la

prit par la main.

— Mais avant, pourrais-tu nous jouer un morceau? demanda-t-il.

La fillette sourit et laissa ses amis la conduire jusqu'à la petite estrade. Freddy, Nathan et Lisette lui tendirent leurs instruments et, accompagnée par Minuit à la mandoline, elle se remit à jongler et à jouer en même temps. Cette fois, ses spectateurs l'acclamèrent comme si leur cœur allait exploser d'amour. Hugo et Aurélia n'auraient pas pu être plus fiers.

Alors que Marie-Mélodie tirait une dernière note de son piccolo, on entendit un bruissement d'ailes et, arrivant du ciel à la vitesse d'un éclair, une fille se posa sur le toit.

— Étournelle! s'écrièrent les enfants en s'attroupant autour d'elle.

Hugo et Aurélia s'inclinèrent face à la

faiseuse de tempêtes, et le chef d'orchestre fou tira son chapeau.

– C'est presque l'heure de partir, annonça Étournelle. Nous ne pourrons pas retenir le cirque beaucoup plus longtemps.

– Marie-Mélodie, nous tenions à ce que tu aies ceci, dit Aurélia en sortant un oisillon de sa poche.

Il s'agissait d'une petite colombe rose, celle-là même qui avait pris la tignasse de Lisette pour un nid.

– Elle s'appelle Tempête, expliqua Hugo. Si tu lui apprends ta chanson, elle pourra envoyer des messages musicaux aux oiseaux d'Étournelle.

– Comme ça, nous pourrons rester en contact! dit la faiseuse de tempêtes après un rapide saut périlleux de bonheur.

— Attendez! s'écria Marie-Mélodie.

Elle partit en courant vers le petit appartement d'Élise Caraham où les chatons de Memphis et Tallulah dormaient profondément. Seul l'un d'entre eux n'avait pas encore trouvé preneur : une petite femelle avec des rayures noires et argentées et de petites griffes bien acérées. De prime abord, on aurait dit un chat de gouttière. Cependant, quiconque connaissait les chats aussi bien que les habitants de la Cité des nues aurait vu forcément qu'elle était croisée bengal et donc taillée pour la chasse et l'aventure.

Marie-Mélodie prit délicatement la petite boule de poils endormie et la porta à ses parents.

— Elle va être super féroce, mais les oiseaux du cirque sont tellement énormes qu'elle ne risque pas de les blesser.

Étournelle ne put s'empêcher de sourire.

– Un chaton de cirque! pouffa-t-elle. Le premier à vivre dans le ciel!

Aurélia couvrit de baisers le visage de son enfant.

— Il faut lui donner un nom qui nous fasse penser à toi, la fille au parapluie rouge.

— Pourquoi pas Rubis la Malice? proposa Élise Caraham en lançant un clin d'œil à Marie-Mélodie.

Tout le monde gloussa. Ce nom allait comme un gant au chaton.

— Nous ferions mieux de rentrer au cirque, déclara Aurélia.

— Sois courageuse, ma petite Marie-Mélodie, dit Hugo en faisant un gros câlin à sa fille.

Les habitants de la résidence de Haute-Tour s'éloignèrent un peu pour laisser leur protégée dire au revoir à ses parents et les serrer bien fort dans ses bras. Tout cela était tellement étrange et nouveau. Mais ça allait. Bien campée sur ses deux pieds, Marie-Mélodie faisait un signe de la main en direction des deux parapluies noirs alors qu'ils passaient devant la Lune et s'éloignaient. Nathan, Freddy et Lisette se tenaient derrière elle et saluaient le couple et leur merveilleuse amie, la faiseuse de tempêtes.

Minuit fila alors vers l'homme dont les cheveux évoquaient le plumage d'une pie. Marie-Mélodie comprit aussitôt. Elle courut, elle aussi, vers le chef d'orchestre fou et le prit dans ses bras.

– Merci de m'avoir aidée à retrouver ma famille, lui dit-elle en riant.

L'homme effroyablement grand en fut si surpris qu'il faillit tomber à la renverse.

– Nous vous aiderons à retourner au Cirque des rêves, lui promit Marie-Mélodie.

– Nous vous aiderons tous, reprirent ses

amis en chœur.

Le chef d'orchestre fou haussa les épaules un peu maladroitement, se courba pour saluer l'assistance, puis disparut dans la cage d'escalier et enfin dans la Cité des nues.

Marie-Mélodie bâilla. Elle était incroyablement fatiguée. Nathan saisit sa main et Fumée vint se placer auprès d'elle. Freddy portait le parapluie rouge et la harpe. Lisette ouvrit alors la marche en dansant pour retourner à l'intérieur, tandis que Tempête, la colombe rose, battait des ailes en amont du convoi et que Minuit suivait, trois pas en retrait.

Quand tout le monde fut réuni au petit appartement, Suzie alla chercher la cage à oiseaux dans la salle de bain. Autrefois, celle-ci avait contenu le parapluie rouge, mais maintenant, elle allait faire une maison idéale pour la petite colombe rose.

Marie-Mélodie n'était pas sûre de vouloir garder un oiseau en cage.

— Puisque je vais lui apprendre ma chanson, il faut que Tempête soit heureuse, déclara-t-elle en ouvrant la porte.

Le petit oiseau vola tout droit vers la tignasse emmêlée de Lisette pour y faire son nid.

— La prochaine fois que nous partirons à l'aventure, Tempête pourrait venir avec nous, confortablement installée dans tes cheveux?

Lisette bondit de joie.

Dehors, le vent sifflait légèrement tandis qu'une pluie *estivale* déposait ses baisers délicats sur le toit et qu'une horloge sonnait quelque part dans le lointain. Il était vraiment très tard. Les quatre enfants, le chat, la louve et la petite colombe rose se souhaitèrent bonne nuit. Puis, le jeune poète avec son foulard sérieux et la fillette toute sale qui rêvait de sombres forêts partirent dans l'escalier pour rejoindre le cinquième étage. Quant au garçon qui se déplaçait avec la douceur d'un ange, il monta au dixième suivi d'une louve argentée.

Enfin, la fillette bénie des dieux de la musique se blottit dans son lit douillet avec Minuit, son chat adoré, qui ronronnait à côté d'elle et l'oiseau Tempête qui chantait dans sa cage ouverte.

Elle entendait le cliquetis de la machine à coudre de sa merveilleuse grand-tante Suzie. Et aussi magique que puisse être le cirque, elle savait au plus profond de son cœur que sa véritable place était bel et bien à la résidence de Haute-Tour.

Derrière la fenêtre de sa chambre, une

pluie *métronomique* tombait avec la régularité d'un cœur battant et les étoiles scintillaient parmi ces beaux nuages qu'on appelle *fougères de plumes*. Marie-Mélodie caressa les cordes de la petite harpe. *Je sais enfin quel est mon véritable instrument,* pensa-t-elle. *Maintenant, je peux jouer la chanson de mes rêves. Et j'ai retrouvé ma famille.* Elle glissa la harpe sous son oreiller, ferma les yeux et plongea dans un profond sommeil.

Très loin, haut dans les cieux, sous un chapiteau de cirque, Hugo et Aurélia se couchaient. Pour la première fois depuis la Tempête terrifiante, ils se sentaient en paix. Bien sûr, ils avaient toujours pensé à Marie-Mélodie, soir après soir. Mais maintenant, elle les rejoignait dans leurs songes et ils flottaient ensemble dans le firmament, vers le Cirque des rêves et bien au-delà.

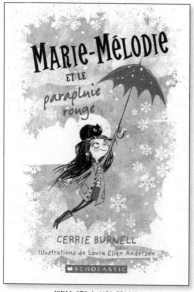

ISBN: 978-1-4431-5516-8

Les chats de la Cité des nues ont disparu! Marie-Mélodie et ses amis se lancent à leur recherche... suspendus à un parapluie enchanté. Où les mènera-t-il? Dans les griffes d'un chef d'orchestre fou? Ou vers des indices?

Rejoins-les dans cette aventure surprenante pleine de péripéties où la magie opère en musique.